KB078683

마음속 섬 하나

마음속
섬
하나

백만섭
시집

좋은땅

저자 소개

백만섭

1934년 중국(만주) 출생

평안북도 태천중학교 졸업

경상남도 거창고등학교 졸업

중앙대학교 약학대학 졸업

중국 국립 천진중의학원 국제함수반 졸업

중국 하북의과대학 중의학원 졸업

충청남도 서산시 백약국 경영

팔십 중반이 넘어서
시(詩)를 공부하기 시작했습니다.

공부하면서
기억 속에 남아 있는
어릴 적 추억을 들추어 보기도 하고,
틈나는 대로 오려낸
지난 삶의 이야기를 한데 묶어
부끄러운 시의 옷을 입혀 내놓습니다.

2020년 10월

백만섭

차례

2부 | 박꽃

3부 | 쑥부쟁이

4부 | 눈꽃

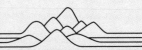

1부
민들레

민들레

흩어져야 할 운명임을
일찌감치 알아차렸지만

대를 이을 씨앗을 위해
서러운 전설로
바람에 날려 와

척박한 땅에
노란 꽃으로 피어난
아름다움이어

기차

기다림에 길어진 학의 모가지가 아니라
저만의 궤도를 달려야 하는 몸부림

평행선을 달려야 하는
목마른 가슴은
배리된 시공이야 잊어야 하는 운명

기다림이 서린
서글픈 후조의 귀로에서
앞만을 응시하는 동공은
숱한 세월에 그슬린
스스로의 표정은 몰라도 좋을
나의 자화상

그리움은 그렇게

정을 묻어둔 채
내 삶을 시작하면서부터다

생활이 팍팍해서
여유를 잃어버린 삶은
다른 생각을 할 겨를이 없었다

그러면서도
문득 문득
어머니 품이 그리웠다
그리움은 그렇게
내 가슴에서 자라고 있었다

빈자리

비 내리는 날
묵은 신문을 꺼내
마음에 들었던 칼럼을 오려내다가

우리 둘만의
작은 섬으로 남겨 놓았던 추억 속
당신을 생각합니다

바람이 불면 흔들리고 비가 오면 젖으며
조금씩은 잊는 것이 있을지라도
밤하늘의 작은 별로
흩어지지 않는 당신의 모습

옆으로 밀어 놓았던 오려낸 빈자리에
당신과 내가 살았던 흔적이 있지 않았나 싶어
자꾸 눈이 갑니다

마음속 섬 하나

우리 서로 사랑했을 때
나는 마음속 섬 하나 만들었습니다

당신은
섬으로 들어와
꽃으로 피어났습니다

가뭄에도 시들지 않고
장마에도 짓무르지 않는 꽃으로

팔십이 훨씬 넘었는데
당신은 아직도
내 마음속 섬 하나에
붉게 피어 있습니다

약속만 붙들고

바쁜 일상에 밀려
휴일도 못 챙기고
저녁에야 몇 마디 주고받는다

같이 살아가자던 먼 길
행복하게 해 주겠다던 약속
그 약속만 붙들고
밥상머리에서
아내의 얼굴을 바라본다

꼭 만나야 할 사람

꼭 만나야 할 사람을
가슴에 품고 살고 있다

허리에 철조망을 치고
양쪽에서 총을 겨누고 있는
그곳에
꼭 만나야 할 사람이 있다

살아야 하기에
핏빛보다 진하게 살다가도
마음은 허공을 헤맨다

꼭 만나야 할 사람을
만날 수 없는 세상에서
나는 살고 있다

사랑인지도 모르고

떨어져 있을 때는
가깝게 느껴지더니

옆에 있으니
멀리 있는 것 같이
느껴진다

곁에 없으면
기다려지고

멀리 있으면
더 그리워지는
사람

허전함

스티로폼 박스에 흙을 채워
옥상에 올려놓고
상추며 고추를 심었다

동면을 마치고 고춧잎에 나앉은
청개구리 한 마리
반가움이 왈칵 쏟아진다

나들이 간 어머니를 기다리다
돌아온 어머니를 보는 순간
눈물이 핑 돌던
어릴 적 기억의 끈을
힘껏 잡아당긴다

고춧잎에서
어머니 젖 냄새가 난다

그리움만 고이고

다녀오겠다며
편한 마음으로 떠난다는
메시지를 보내 왔다

되돌아올 길인 줄 알면서도
머릿속에서 떠난 길을
놓지 못하고 있다

못 만난다고 잊는 것은 아닌데
말을 건넬 수 없는
그리움만 고이고

오늘따라
구름이 흩어진 하늘이
외롭다

부럽다

고깃집 저녁
어머니 손을 잡고 들어선
환갑이 넘어 보이는 아들이
고기를 구워 놓고
소주 한 잔 권하고 있다

어릴 적에는
아들에게
사탕 사주는 어머니가
부러웠는데

오늘 저녁은
어머니와 마주 앉아
소주 한 잔 권하고 있는 아들이
부럽다

옥녀봉 제비꽃

서산 옥녀봉
양지바른 자락에
다소곳이 피어난
보라색 제비꽃

서왕모의 부름에
옥녀가
놓고 간 꽃

옥녀를 기다리다
끝내 참았던 설움인 양
씨 주머니 터뜨리는
서산 옥녀봉 제비꽃

산속 대웅전

비 개인 날 오후
솔잎에 내려앉은 빗방울
솔바람 지나간 자리에
뚝뚝 내려앉는다

산속 대웅전
열어 놓은 문 앞
네모 반듯한 마당 넘어
속세를 품은 계곡을
부처님만 미소로 내려다본다

돋아날 새순을 위해

겨울
가는 가지에 매달린
떡갈나무 잎은 봄의 기도다
생명을 이으려는 본능으로
꼭지에 힘을 주고
엄동설한 삭풍을 이겨내다
봄이 오면
돋아날 새순을 위해
주었던 기도를 놓는다

나들이

얼어붙은 눈 위에
보슬비 내리더니

어느새
물오른 나뭇가지에
나들이 나온 꽃들

흐르는 시간 멈춰선 듯
겨울을 이겨내고 살아 있는

그 속으로
나도 나들이 간다

나를 그려 본다

하루하루
처방전을 들고 오는
환자의 건강을 살피면서
복약지도를 한다

귀가 어두워 듣지 못하는
환자의 얼굴 넘어
안타깝게 흘러간
젊음을 훔쳐보다가

언제까지
이 자리에 서 있을까
그 나이 때쯤
나를 그려 본다

나를 찾다

먼 곳을 쳐다본다
높은 곳을 올려다본다

자연이 허락하지 않는
욕심을 부려 본다

아깝게 흘러간 시간 속에 묻힌
나이를 찾아본다

벚꽃

봄을 따라와
봄의 절정을 알리고
봄보다 먼저 가 버렸다

붙들어 두지 못한
아쉬움이 쌓인다

안타까움만 남기고 떠난
짧은 만남

또 하루의 아침을 위해

하루 일을 마치고

어머니 품 안이 그리운 밤

갇힌 시간을 벗어나

막걸리 한 대접으로

목구멍을 축인다

속살이 드러난 하루를 짊어지고

신호등이 졸고 있는

건널목을 건너

또 하루의 아침을 위해

시간이 잠들고 있는

어둠 속을 비집고 들어간다

장미

곁에 있어만 주어도

아무 이야기 안 해도

생각만 해도

편안해지는

그런 사람 같은

2부
박꽃

박꽃

달빛 뜰 안
토담 이엉 위에
내려앉은 하아얀 꽃

박각시나방 날아들던
잊을 수 없는 거기

무명 치마저고리입고
서 계시는 어머니

별 하나

밀물은 또 밀려왔다 밀려가고
수평선 넘어 하늘은 아득하다

어두워진 모래 언덕
해당화 꽃잎에
별 하나 내려앉아

새벽 이슬이 맺히도록
뜬눈으로
누군가를 기다리고 있다

고마운 아침

버릇처럼 텔레비전을 켜 놓고
두 공기의 밥, 두 대접의 아욱국
한 보시기의 김치, 한 접시의 가지무침
한 뚝배기의 된장을 차린다

양배추 쌈 한 쟁반을 더하면
이보다 더 거룩한 것이 없는
둘만의 밥상이 된다

된장찌개 냄새와 텔레비전 소리에
몸이 불편한 아내는 잠에서 깨어
전기를 아껴야 한다며
텔레비전을 끄고 다가온다

밥상머리에 마주 앉아 주는
아내가 고마운 아침이다

저녁밥상

저녁이면
여린 호박잎과 피지 않은 수꽃 대
방에 들고 들어와 다듬던 어머니
데친 호박잎에 밥 한 숟갈 떠 놓고
떠 얹어 주던
수꽃 대 넣고 걸쭉하게 끓인 된장찌개

늙어서도 버리지 못하고 있는
어릴 적 입맛이
혀끝에 남아 있다

어머니 손맛이 그리워지는 저녁이다

하루를 넘긴다

후텁지근한 하루
기다리는 소나기는 오지 않고
장독대 옆 맨드라미는
고추잠자리 찾아와 잠드는
가을을 기다린다

어머니는 올챙이묵을
시원한 콩국물에 말아
더위를 밀어내고

멍멍이는 그늘에 배를 깔고
혀를 내밀어 지루한 여름을 핥다가
잠에 빠진다

빛바랜 노을은
짧은 저녁을 어둠 속에 묻고
하루를 넘긴다

놀이터

큰 나무가 있는
동네 놀이터에 가면
그늘이 내려앉아
이야기를 주고받는 의자가 있고
더위를 피해 들어선
세발자전거가 있다

나뭇가지에 걸려
바람도 쉬어 가는 동네 놀이터에 가면
어머니가 사 준 솜사탕을 먹고 있는 아이가 있고
아기의 손을 잡고 쳐다보던
어머니가 계시다

연암산 천장암

연암산 천장암 가는 옛길

산모롱이를 돌아

세월을 헤집고 가파른 돌길을 오르니

천장암이 솔바람마저 내려놓고 앉아 있다

경허스님과 갈뫼 김씨들이

경經을 논하던

법당 뒤 툇마루는 비어 있고

경허스님 선방엔

하늘만 가득 차 있네

시간을 붙들고 걷는

하루 일을 마치고
집으로 돌아가는 길
드문드문 창으로 새어 나오는
불빛이 외로운 밤

멍에처럼 짓누르는
삶에서 벗어나지 못하고
대문을 넘어서면
잠이 쏟아진다

어쩌다 여유라는 게 생기면
시간에 빼앗긴 것들을
되찾을 수 있을까

오늘도
시간을 붙들고
생존의 길을 걷는다

집을 찾아든다

한풀 꺾일 줄 알았던 무더위
기승을 부린다

하루 종일
자투리 없는 시간으로
고단함이 밀려와도
이것도 고마움이다 싶어
기꺼이 땀을 흘린다

저녁이 되어서야
수고로움이 일상이 된
하루를 등에 지고
해거름에 자오록한
집을 찾아든다

물동이

머리 위에 올려놓은

바가지 띄운 물동이

동아리 끈 야무지게 물고

조심조심 걸을 때마다

연신 흐르는 물

부엌 한쪽 자리 잡은

어머니 물동이

물 위에 어른거리던

어릴 적 내 얼굴은 밑으로 가라앉고

지금은 어머니 얼굴로 가득 차

부엌 한쪽 정갈하게 놓여 있는

시간 속 물동이

처진 앞자락

비가 내린다
땀으로 몸이 끈적거리는 여름밤
시골 버스 터미널 휴게실
아들을 기다린다면서
연속극을 보던 아주머니

젊은 날
마지막 단추를 끼우고
한 쪽으로 처진 앞자락을 보고서야
잘못 끼운 첫 단추를 보았다면서

잘못 끼운 첫 단추는
아픈 상처로 덧나
가슴 저린 인연을 풀어 헤치지 못하고
늘어진 옷자락을 치켜 올리며
살아간다고 한다

버스에서 내린

아들의 손을 잡고

집에 가 밥 먹자면서

우산을 받치고 나간다

건강증진센터

아침에 일어나
친구의 안부를 물으려 전화를 하니
돌아가셨다고 한다

비 내리는 소리보다
낙숫물 소리가 더 크게 들리는
건강증진센터 창밖을 내다보며
나는 의연하게 러닝머신 위를 걷는다

인연의 끈을 붙들고 있는 공간
시간을 밟고 있는 같은 또래 친구
옆얼굴을 바라본다

힘 부치는 날이다

그리움처럼

여치소리 요란하게 들리는 시골길을
소나기 스쳐 지나가고
매미소리 요란한 나뭇가지 사이를
바람도 스쳐 지나간다

뙤약볕에 발바닥이 뜨거운 쇠똥구리
뒷발로 쇠똥을 둥글리고

긴 여름날이
그리움처럼 스쳐 지나간다

비 개인 날 아침

하늘이 무너져 내리는가
빗물이 쏟아져 내리고
둑이 무너져
논밭을 휩쓸고 지나간다

장마는 끝나고
비 개인 날 아침
고요한 앞마당에
보리잠자리 나른다

물꼬 보러 나서던 아버지
뒷모습을 생각하다가
나는
일상생활을 준비한다

발에 힘을 준다

서산 옥녀봉
등 뒤로 넘어가던 햇살이
솔가지 위에 내려앉는 저녁
누굴 찾는지
목이 쉰 산비둘기 소리만
들리다 쉬고 쉬었다 들린다

건강을 위해 오른다는
사람들 틈에 섞여
옥녀봉 오르는 발에 힘을 준다

민갈거미

아침 이슬이
무게를 못 이겨
밑으로 내려앉는
풀밭

민갈거미 한 마리
그물을 쳐 놓고
길목을 지키고 있다

빼앗을 그물도
빼앗아 먹을 먹이도 없는
풀밭

반나절이 지나도록
시장기만 삼키고 있다

옹기장이

속마음을 알 수 없는 독을 빚고 있다

가슴을 두근거리게 하던
얌전하고 예뻤던 갓난이 닮은 독을

정숙하고 후덕한 여인이 됐을
지금도 잊을 수 없는 갓난이

가까이 하지 못하고 숨겨 온 마음이
속이 궁금한 독을 넓게 빚어
옷을 입히고 있다

기억 속에서

기억이 떠내려와 맴돈다

어머니와 함께 심어 놓은 자두나무 가지는
자두 무게를 못 이겨 찢어져 늘어지고

찢어진 틈새를 메운 세월의 때는
소나기를 흠뻑 맞아도 흘러내리지 않고
내 몸의 일부가 되어
저녁이면 가려워 잠을 못자고

자두나무를 기어오르던 개미는
나무껍질 틈에 숨어 소나기를 피하고
그 따가운 여름을 기어오른다

배추벌레

칠성무당벌레 내려앉은 자리
배추벌레가 갉아먹어 들어간다
느릿느릿 피하던 칠성무당벌레
날아가 버리고
배추벌레는 부지런히
여름 한 철을 먹고 있다

그렇게 흐른다

계곡으로 조금씩 모여든 물이
웅덩이에 고여
무거워진 세월의 발을
시원하게 식혀 준다

물이 불어나면
솟구쳐 오르다 부셔져 내리고
큰 소리로 주변을 위협하기도 한다
그러다가도
날이 개어 시간이 흐르면
소리를 죽이고…

물은
그렇게 흐른다

당사주

아등바등 살아낸 가슴에
몇 남지 않은 나뭇잎 사이로
불어오는 바람이
서늘하게 안긴다

멜빵을 멘 채
등짐을 비탈에 올려놓고
쉬어 가듯
삶의 속도를 늦추고 있다

어머니가 봐 준 당사주대로
겨울로 넘어가는 날씨가
청명하기를 바란다

3부
쑥부쟁이

쑥부쟁이

가을 밭둑
쑥부쟁이

마른 잎 스쳐 지나가는
바람 소리 듣고 있다

넉넉하지 못한 젊은 날
뙤약볕을 이고 웃어 주던
고단한 삶의 흔적처럼

밭이랑에 내려앉은
따가운 가을 햇살을 읽고 있다

한가위 차례

손자와 제수를 진설한 차례 상
향을 피우고 모사에 술을 붓는다

아버지께
어머니 같이 오셨느냐고 여쭈어보고
잔을 올린다

상을 거두고 모여 앉은 음복자리
손자 녀석
내려주신 음복 술을 덥석 받아 마시고
아버지 얼굴을 한참 쳐다본다

솔바람 마중 나와

산비탈
지는 해 바라보는
서산 도비산 부석사

흐드러지게 피던
금은화는 간데없고
고고한 노송만
담쟁이덩굴에 감싸여 있네

경허스님 만공스님
자주 오르셨다는 길
잠시 걸음을 멈추고
가쁜 숨 고르면

솔바람 마중 나와
내 손을 잡는다

걱정스러운 눈으로

생활의 틈새를 메워 주고
괴로움을 달래 주던 아내가
며칠 집을 비워야겠다면서
아침에 늦잠 자지 말고
일찍 일어나 운동하고
밥은 찬밥 먹지 말고
새 밥 지어 먹고
반찬은 골고루 꺼내 먹으라고
일러 주다 말고
내 얼굴을 걱정스러운 눈으로
쳐다보고 있다

희아리

친구들과 나란히 누워
늦가을 일광욕을 하다가
우리들 몇은 백납증에 걸렸다

사람들은
우리를 가려내어
친구들과 격리시켰다

우리는
단지에 담겨
게국지 양념이 되기도 하고
소머리국밥집 식탁에
오르기도 한다

행복합니다

밥상에 마주앉아 생선 가시를 발라 주며
당신을 위해 해 줄 수 있는 게 이것밖에 없어
미안하다가도
발라낸 생선을 숟가락 위에 올려 주며
맛있게 먹는 당신을 보고 있으면
행복합니다

처음 하는 이야기처럼

거칠어진 아내의 손을 잡고
처음 만났을 때의 이야기를
하고 있다

고생스러웠던 세월을
잘 참아 준 고마운 아내

오늘도
주름진 얼굴을 바라보면서
처음 만났을 때의 이야기를
하고 있다

처음 하는 이야기처럼

힘들고 어려울 때면

추운 겨울엔
집에 돌아와 편히 쉴 수 있는
안방 아랫목이 되어 주마

이불을 포근히 펴놓고 기다리마

살아내는 데 힘들고 어려울 때면
언제나 기댈 수 있는
따듯한 어깨가 되어 주마

마음 같아서

생일날
놓고 간 화분

놓고 간 네 마음 같아서
못내 옮겨 놓지 못하고 있다

그림자 사라진 자리

하루가 아쉬워

돌아서 가지를 못하고

마음을 태우면서 서성거리는 저녁노을

달래어 보내고 돌아서는

그림자 사라진 자리

고독과 소외 앞에 서 있는

나를 본다

할머니 생각

여물어 가는 옥수수에 내려앉은 햇살이
시들어 가는 저녁

손자를 데리고 아궁이 앞에 앉아
옥수수에 막대기를 꽂아 굽고 있다

아버지의 아버지 이야기를
옛날이야기처럼 들려주다 말고

노릇노릇 잘 익은 옥수수를 뜯어
손자 입에 넣어 주신다

8일간의 여행

밤새
잠을 설치고
아침을 맞는다

구석구석 챙기고 부탁하고
오후에야 떠나는
8일 간의 여행

일상에서 벗어나는 시간을
달래며
걱정스런 마음이
등 뒤를
따라나선다

한가위 달은 어디에 뜨나

한가위 날
손자와 달 노래를 부른다
쟁반같이 둥근달 남산 위에 떴지
노래를 부르다 말고
손자가 묻는다

오늘은 달이 남산 위에 뜨지 않고
왜 소나무 위에 떴어요

할아버지 어릴 적에는
고향집 초가지붕 위에 떴다가
구름에 가리면
할아버지 마음속에 들어와
자고 가곤 했지

시원찮은 대답에도 고개를 끄덕이는
아이의 얼굴에
둥근 달이 떠오른다

겨울로 가는 길목

사람들은 옷깃을 여미고
부산하게 지나가고

나는 누군가
그리워지는 시선으로
찬바람이 스쳐 지나가는
늦가을의 뒷모습을 보고 있다

겨울로 가는 길목에
내려앉은 가랑잎이
아미타경을 염한다

옥녀봉 오르는 길

서왕모와 옥녀이야기를 하며
남편 예羿와 달로 도망간 항아姮娥를
이야기하며 오르는 길입니다

교회 담장에 붉은 꽃잎이
바람에 당싯거리는 늦가을

척추 수술로 다리에 힘이 빠지고
심장 수술로 숨이 가빠진 아내의 손을 잡고
천천히 아주 천천히 걸어 오릅니다

살고 있는 것들을 보고 있습니다

시드럭시드럭 빛이 바래 가는
꽃들 위로
새로운 꽃들이 피어나고 있습니다

시들먹한 잎사귀 사이로
알알이 이삭들이 익어 갑니다

내리는 비에 기대어
대지와 함께 숨을 쉬고 있는 생명들을
비로소 보고 있습니다

잠시 비운 자리

친구들과 여행을 다녀오겠다며
잠시 비운 자리
생각하지 못했던 외로움이 밀려온다

의지하고 있을 때는
편안하기만 했는데

당신 빈자리를 생각합니다
돌아오기만 기다리는
마음으로

늙어서 멀어지는

길을 걷다
우연히 만난 옛 친구에게
아픈 데 없느냐고
물었다

친구는
죽지 않고 살아 있으니
반갑다고 한다

주고받는 말이
흩어진다

머리를 숙이고
걸음을 늦춘다

속으로 울고 있다

등 뒤에 대고
밥 먹고 가거라 하시던 어머니

잊어도 괜찮을 나이가 되었는데도
틈을 비집고 문득 문득 생각이 나
눈물이 난다

잊을 수 없는 그리움은
현실화할 수 없는 서러움을
맴돌고 있다

잘려 나온 탯줄이
속으로 울고 있다

시간의 소리

북녘 땅
우리 땅에서 내가 갈 수 있는
가장 가까운 곳
망배단

듣지도 못하고 올 수도 없는
허공을 향해
어머니를 불렀다

네가 크면 들려주겠다고
미루어 온 말을
듣지 못하고

바람에 날려가는
시간의 소리만 듣고 왔다

4부

눈꽃

눈꽃

다 내려놓고 간 줄 알았는데
그게 아니었나 보다
이 추운 겨울에
봄보다 포근하게 내려앉은 걸 보면

어려웠던 속사정이야
아는 사람이 없겠지만
마음을 두었던 곳에
다녀가고 싶은 심정을 어찌 모르랴

하늘에서 꽃으로 피어나
지상에 내려앉은
천상의 순수

겨울도시

어둠이 내려앉은
겨울도시에 불이 켜지고
싸늘히 식어 버린 달이
빌딩 위에 걸리면
도시는 생소해진다

횡단보도를 가로막는
붉은 신호등을 바라보면서
움츠러드는 기억들만
체온으로 녹인다

불을 켜고 어둠 속을
달려가는 차들을 보며
마중 나올 가족이 없는
고향집 고샅길을 생각한다

눈 내린 저녁

아랫목에 묻어 놓은 밥그릇
익숙해진 기다림으로 불을 켜 놓고
어머니는 뚝배기에 다시 물을 붓는다

배고픈 저녁을 달래며
한 땀 한 땀
그리움을 맞잡아 꿰매는
아랫목은 왜 그리 고요하던지
살림을 꿰매는 손이 가끔 멈추면
달빛은
아랫목에 묻어 놓은 밥그릇처럼
그 자리 지켜 주는 기다림이었다

눈 어두운 어머니 곁에 앉아
바늘귀에 실을 꿰어 주고 싶은 저녁이
거기 있었다

편의점

숨을 죽이고 웅크린 골목길
그 골목길을 나서면
새어나오는 불빛이 더 외로운
편의점이 있다

벽을 보며
혼자 말을 하고 있는
텔레비전이 있고
라면과 소주가
소곤거리는 눈빛이 있다

늦은 밤
시장기가 들어
그곳에 가면
마음을 훔쳐보는 줄도 모르고
책만 읽고 있는 여인이 있다

신들과의 약속을 어루만진다

불을 피워도
등이 시린 겨울
진눈깨비는
중심을 잃고 흔들린다

풀밭에 소를 매고
친구들과 씨름하던 때가 엊그제 같은데
세월의 무게를 이기지 못하고
설마 하던 병이 내 몸을 넘본다

꽃눈이 자리 잡은 겨울 아침
나뭇가지를 더듬으며
신들과의 약속을 어루만진다

눈 내린 아침

양지바른 안마당에
함박눈이 내려앉았다

따스한 햇볕이
섬돌에 쌓인 눈을
쓸어내고 있다

아침부터 손자의 백일 잔치로
떠들썩한 안방
백설기를 쪄 놓고
둘러앉은 가족들

아랫목이 포근한
눈 내린 아침

겨울나무

눈 녹은 자리에
또 눈이 내려앉는다

겨울나무는
엄숙한 의식을 치르듯
시간을 끌어안고
새순이 돋을
봄을 꿈꾸고 있다

아직은
봄바람에 걸친 햇살이
멀기만 한 겨울이다

욕망

제 눈을 보지 못하고
제 마음을 보지 못하는구나

제 눈을 벗어난 마음은
파도처럼 넘실거린다

엄정한 법칙과 진리가
발밑 돌부리에 걸려 넘어지는
냉엄한 저녁
미처 보지 못하는 마음이 있다

어떤 생각

아주 작고 불규칙한 틈새로
스며들다 사라지는

분간할 수 없는
안개 같은

느낄 수 없는 무게로 떠오르는
작은 물방울 같은

멈추어 서는 줄도 모르고

뒤돌아보지 않고
앞만 보고 걸었다

살아온 어귀마다 붉게 피어난
꽃들이 시들어도
휘청거리지 않고 걸으려 안간힘을 썼다

발이 어느 추억 앞에 되돌아가
멈추어 서는 줄도 모르고

손으로 전해진 온기

부엌 한 모퉁이
나무로 만든
낡은 사과상자 하나

그 속에 놓인
놋수저, 알루미늄 그릇 몇 개

솥을 걸고
레이숀 박스를 찢어
불을 지피던 저녁

손으로 전해진 그 온기를
놓치지 않으려
지금도 안간힘을 쓰고 있다

새순

얼어붙은 땅 속에
뿌리를 내린 나무 한 그루
빙하기를 살면서
쌓아온 내력을 숨기고
조금씩
아주 조금씩
겨울을 녹여내고 있다

새해 달력을 드린다

허리가 아파 병원에 다녀온다는 할머니가
약국에 들어서면서 푸념을 한다

아들 장가들이고 딸 시집보내고
버릴 수 없는 것들끼리 의지하고 산다고 한다

막걸리 한 대접에도 속이 쓰리고
무릎을 짚고 일어서는 데도 힘이 든다는
할머니께 새해 달력을 드린다
새해에는 건강하시라고

허전한 마음

왁자지껄 떠들던 시간도
바람이 되어 가 버리고

양지바른 곳에 앉아 졸던 햇빛도
어둠에 밀리면

빛바랜 추억만 버티다
힘겨워 물러선

텅 빈 자리

흉터

삶의 피딱지가

아물다 떨어진 흔적이다

거절할 수 없는 운명으로

쉴 틈 없이 밀려드는 숨 가쁜 날들

풍상에 헤어진 누더기로

가려 가며 살아온 오랜 세월

삶의 무게로

놓쳐 버릴 흔적이다

오다가 잊어버렸네

어느 날 약국에 찾아온
단골 할머니

무슨 약을 드릴까요
오다가 잊어버렸네

난처함이 외롭게 웃는다

차례를 기다리는 뒷손님 앞에서
이러지도 저러지도 못하는 할머니와
도와줄 수 있는 게 없어 난처한 내가
서로 얼굴만 쳐다본다

노안

바람이 분다며
안경을 벗고
눈물을 훔쳐낸다

저녁이면 소주 한 잔씩 나누며
익혀온 얼굴인데
주름과 잡티가 보이질 않는다

무던한 얼굴이다

바람

언덕에 앉아
아래쪽 평지에 놓여 있는
속이 빈 검은 비닐봉지를 보고 있다

오른쪽으로 날리던 비닐봉지가
빙 돌아 왼쪽으로 날려간다
다시 빙 돌아 가운데로 온다 싶더니
느닷없이 언덕 위로 거슬러 오른다

바람은
속이 빈 내 마음을
또 어디로 날려 보내는 걸까

적금통장

아내가 용돈을 올려 달라며
흰머리를 쓰다듬어 올리고 있다

아내의 장롱 서랍 밑에는
적금통장 몇 장이 숨겨져 있다는 걸 안다

어려운 생활을 맡아 하면서
아내는
돌멩이를 주워다
돌탑을 쌓고 있다

병원행

걷기도 어려운 아내와 같이
병원에 가려고
서울행 버스에 올랐다

두려움을 안고 가는 시간
무심히 살아온 지난날이
겁이 난다

건강하다고만 믿었는데
기력을 잃고 의자에 기대앉은
옆얼굴을
저녁놀이 물들이고 있다

아파트

초가집 기와집
옹기종기 모여 앉은 마을에
아파트가 들어섰다

뒷산을 가로막고
들녘을 가로막고 서 있다

내 마음의 안방 같던
동구 밖 느티나무 밑으로
들어오는 사람이 보이질 않는다
나가는 사람이 보이질 않는다

상실된 자연과 고향의 회복을 꿈꾸는
아날로지의 시인
- 백만섭 시인의 시 세계

이병철(시인/문학평론가)

난해한 시들이 범람하는 시대다. 계절마다 발행되는 문예지들을 펼쳐 봐도, 대형 서점 시집 코너의 신간을 살펴봐도 온통 자폐적 혼잣말과 모호한 멜랑콜리, 그로테스크한 이미지들뿐이다. 소통과 의미의 회로가 차단되거나 불분명한 말들이 어지럽게 뒤엉켜 있는 시들을 읽고 있으면, 도대체 시는 누구를 위한 것인지 궁금해진다. 시인들끼리만 읽는 시, 비평가들을 위한 시가 진정한 시라고 할 수 있을까? 쉬우면서도 사유의 깊이가 있는 시, 보편 공감의 영역에서 독자들과 소통하며 감동을 주는 시. 함축과 여백의 미덕을 잘 갖춘 시는 여간해서 잘 눈에 띄지 않는다.

시는 간단하게 말해서 압축과 절제, 그리고 해석과 은유의 언어예술이다. 최소한의 경제적 언어 운용으로 이미지의 확장과 정서의 파동, 독자의 공감까지를 두루 이룰 수 있어야 한다. 대상의 본질을 관통해서 육안으로 보이는 외면 너머의 숨은 가치들을 찾아내는 사람이 시인이다. 그렇게 발견해 낸 낯선 이미지들을 상투적이고 설명적인 언어가 아닌, 높은 상상력의 언어, 즉 은유로 노래하는 자가 진정 시인이라 할 수 있다. 그러나 좋은 시를 구성하는 여러 미덕들 가운데서도 으뜸은 단연 감동이다. 한 줄의 감동적인 시는 장편소설이나 영화보다 힘이 세다. 거듭 강조해서, 시는 독자에게 감동을 줄 수 있어야 한다.

그래서 백만섭 시인의 시가 귀하다. 백만섭 시인의 시에는 일상에서 길어 올린 잔잔한 감동이 있다. 시집 『마음속 섬 하나』는 지독한 가뭄 가운데 내리는 단비처럼, '소통과 감동의 부재'라는 마른 땅에 물길을 내며 독자의 마음을 향해 흐른다. 시를 읽는 것은 생의 분주함으로 척박해진 내면을 습윤하게 적셔 새로운 감수성들을 풀꽃처럼 자라나게 하는 행위다. 그러므로 시는 마중물이나 마찬가지다. 우리는 이제 백만섭 시인의 시가 길어 올리는 서정성과 시적 감동의

샘물을 마심으로써 각박한 세상에서 탈진해 버린 영혼이 생기 있게 회복되는 것을 체험하게 될 것이다.

백만섭 시인의 시를 이해하기 위해서 우리는 시인의 시에 나타나는 시간과 공간의 특성을 먼저 살펴보아야 한다. 백만섭 시인의 시에서 시간과 공간은 쇠락과 소멸, 그리움과 주로 관련이 있다. 시인이 사는 현실의 공간은 "꼭 만나야 할 사람을 만날 수 없는 세상"(「꼭 만나야 할 사람」)이다. 이제 미수(米壽)를 앞둔 시인은 "시간이 잠들고 있는 어둠 속"(「또 하루의 아침을 위해」)에서 "아깝게 흘러간 시간"(「나를 찾다」)들을 하염없이 바라본다. 그 속에는 "안타까움만 남기고 떠난 짧은 만남"(「벚꽃」)들이 있고, "넉넉하지 못한 젊은 날"(「쑥부쟁이」) "고생스러웠던 세월"(「처음 하는 이야기처럼」)이 있다. 그리고 이 과거지향적인 시인의 눈빛은 세월의 강을 거슬러 올라 유년의 아름다웠던 '고향'에 마침내가 닿는다. 그곳, "잊을 수 없는 거기"에는 "무명 치마저고리 입고 서 계시는 어머니"(「박꽃」)가 있다.

백만섭 시인은 1934년 중국 만주에서 태어나 평안북도에서 중학교를 마치고, 경남 거창에서 고등학교를 나와서는 서울 중앙대학교 약학대학을 졸업한 특이한 이력의 소유자다. 대학 졸업 이후 중국에서 중의학을 공부하고 와서는 충남 서산에 정착해 약국을 운영했다. 그의 삶 자체가 한 편의 디아스포라 대서사시인 셈이다. 그래서인지 그의 시에는 고유명으로 호명되는 고향이 나타나지 않는다. 대신 '어머니', '할아버지', '아랫목', '고향집', '고샅길' 등의 이미지로 고향이 형상화된다. 이러한 작업은 방랑 생활을 하면서 고향인 평북 지방에 대한 그리움을 시로 써냈던 백석과도 닮은 점이 있어 보인다. 백석과 마찬가지로 백만섭 시인은 음식과 사람, 자연 풍경 등의 오브제를 재료로 해서 고향을 그려낸다.

시인이 고향을 그리워하는 까닭은 그곳이 현대인이 상실한 이상세계로서의 자연 공간이기 때문이다. 인간이 자연의 품에서 양육되던 때, 자연과 인간은 함께 얼마나 풍요롭고 평화로웠던가. 자연은 인간에게 자기 살과 피를 내어 주고, 인간은 자연이 병들거나 쇠약해지지 않도록 필요한 만큼만 가져다 썼다. 그래도 의식주(衣食住)를 해결하는 데 차고 넘쳤다. 짐승의 고기를 먹고 그 가죽과 털로 옷을 지어 입었다. 강과 바다는 물고기와 게, 조개, 새우를 내어 주고, 하늘은 새를, 땅은 뿌리열매와 나물, 약초, 크고 달콤한 과실들을 인간에게 거리낌 없이 주었다. 나무로 기둥을 세우고 돌을 쌓고 진흙을 이겨 바른 후 커다란 잎사귀와 나뭇가지로 지붕을 엮어 얹으면 비바람과 추위, 야생짐승의 위협으로부터 인간의 편안한 휴식과 몽상, 생명의 번식을 지켜 주는 집이 완성되었다. 물은 어디에서나 구할 수 있고, 돌과 돌을 부딪거나 나무와 나무를 문지르면 불이 생겼다. 자연은 대우주고 인간은 소우주일 때, 거시세계와 미시세계가 상응하는 아득한 우주의 생명 리듬 안에서 인간과 자연은 협화음을 이루며 상생(相生)했다. 그땐 모든 것이 아름답고 건강했다.

그 상생의 리듬을 깨뜨린 것은 인간이다. 어느 날 인간은 어머니 대지의 품에 칼을 꽂았다. 그때부터 불협화음이 시작됐다. 숲은 불타고, 나무들은 마구 베어졌으며, 동물들은 화장품과 깡통 통조림의 재료가 되었다. 바다에는 검은 기름이 흘러들고, 강은 콘크리트에 가로막혀 바다로 흐를 수 없었다. 짓밟고, 죽이고, 태우고, 베고, 갈취하면서 공장과 항만, 철도, 도로, 카지노, 골프장, 매음굴, 정신병동, 폭파실험장, 아파트를 세웠다. 그러면서 인간은 자연과 연결되어 있던 탯줄을 스스로 끊어 버렸다. 자연으로부터의 분리를 자초하면서 육체와 정신이 병들게 되었다. 도처에 생명을 위협하는 공해와 오염들이 가득하므로, 독극물에 중독되

듯 인간의 혈관은 썩어 가기 시작했다. 자연에서부터 떨어져 나온 분리불안은 우울증, 공황장애, 무기력증을 일으켜 이 지구는 인류에게 공포와 불안으로 가득한 신경쇠약의 행성이 되고 말았다.

초가집 기와집
옹기종기 모여 앉은 마을에
아파트가 들어섰다

뒷산을 가로막고
들녘을 가로막고 서 있다

내 마음의 안방 같던
동구 밖 느티나무 밑으로
들어오는 사람이 보이질 않는다
나가는 사람이 보이질 않는다

—「아파트」 전문

백만섭 시인의 문제의식은 여기서 출발한다. 이 시에서

"초가집 기와집"은 자연친화적인 건축양식으로서 인간과 자연이 조화를 이루는 상응 우주의 작은 공간적 은유가 된다. 그런데 "마을에 아파트가 들어서서"는 초가집과 기와집들을 밀어내고, "뒷산을 가로막고 들녘을 가로막"았다. 그 결과 시인은 "내 마음의 안방 같던 동구 밖 느티나무 밑"으로 "들어오는 사람"도 "나가는 사람"도 볼 수 없게 되었다. 자연과의 격리가 곧 사람과의 격리로 이어진 것이다.

시인은 "고독과 소외 앞에 서 있는 나를 본"(「그림자 사라진 자리」)다. 고독과 소외는 어디에서 오는가. 공황장애, 우울증 등 현대병들은 왜 발생하는가. 고독과 소외는 분리와 간극에서부터 온다. 현대사회가 병든 것은 인간과 자연이 멀어지면서 이 세계가 태초의 생명력을 잃어버렸기 때문이다. 자연이 사라진 자리를 기계문명이 대체하면서 인간과 자연이 서로 상응하던 우주의 조화 '아날로지(analogy)'가 망가져 버린 탓이다. 오늘날 세계는 자연을 상실한 채 자연을 모방하는 인공자연만을 세워 두고 있다. 흙과 나무로 지은 집들을 콘크리트 아파트가 짓뭉개고 들어서는 시대다. 백만섭 시인은 시를 통해 자연의 회복을, 나아가 인간의 회복을 갈구하고 노래한다. 그것만이 현대인들의 아픔을 치유

하는 방법이라고 보는 것이다.

버릇처럼 텔레비전을 켜 놓고

두 공기의 밥, 두 대접의 아욱국

한 보시기의 김치, 한 접시의 가지무침

한 뚝배기의 된장을 차린다

양배추 쌈 한 쟁반을 더하면

이보다 더 거룩한 것이 없는

둘만의 밥상이 된다

된장찌개 냄새와 텔레비전 소리에

몸이 불편한 아내는 잠에서 깨어

전기를 아껴야 한다며

텔레비전을 끄고 다가온다

밥상머리에 마주 앉아 주는

아내가 고마운 아침이다

—「고마운 아침」 전문

오랜 옛날 자연의 품에서 살던 조상들에게는 불이 생존의 도구였다. 그때 불은 크게 네 가지 기능을 수행했는데, 어둠을 밝히고, 날 것을 익히고, 추위를 막아 줄 뿐만 아니라 인간들을 불 주위에 모여 앉히고 무료함을 달래 주는 '예능'의 역할도 했다. 이 불은 오늘날 현대 문명에 와서 '상징적 불'로 대체되며 원시 시대와 동일한 기능을 한다. 어둠을 밝히던 불은 전구가 되었고, 날 것을 익히던 불은 전자레인지와 인덕션 버너가 되었으며, 추위를 막아 주던 불은 보일러가 되었다. 그리고 무료함을 달래 주던 불은 텔레비전으로 대체되었다. 모두 다 인공자연이다.

인공자연을 체험한 기억은 금세 휘발한다. 체험은 체험이되 실체가 없는 상상체험이기 때문이다. 위 시에서 '텔레비전'은 인공자연이고, "버릇처럼" 그것을 켜 두는 화자는 인공자연에 순치된 현대인의 전형(典型)이다. 텔레비전은 자본사회의 도시문명을, 속도와 팽창과 경쟁의 원리를, 물신주의와 상품 소비의 욕망을 우리에게 끊임없이 침투시킨다. 도시문명에 의해 상실된 자연과 고향은 이제 텔레비전 안에만 있다.

하지만 "텔레비전 소리에 몸이 불편한 아내"는 인공자연에 순치되지 않은, 여전히 자연의 질서가 몸과 정신에 내면화된 존재이다. '아내'는 "텔레비전을 끄고 밥상머리에 마주 앉아 준다." 화자는 그런 아내에게 고마움을 느낀다. 아내와 함께 마주앉은 밥상에는 아욱국, 김치, 가지무침, 된장찌개, 양배추가 오른다. 이 음식들은 '온전한' 자연을 상징한다. 흙에서 난 것들이며 발효와 숙성이라는 '느림의 미학'을 통해 완성된 것들이기 때문이다. 된장에 비빈 밥을 양배추에 싸서 먹는 '비빔'과 '쌈'의 식사는 '혼밥'의 시대에 점점 사라져가는 타자와 관계 맺기의 즐거움, 여럿이 함께 어우러짐의 기쁨을 환기시킨다. 한 데 섞어 비비고, 한 데 모아 감쌀 때 세계와 나는 자연의 질서 안에서 서로 협화음을 이루는 아날로지를 완성한다. 풀 한 포기, 나비 한 마리, 돌멩이 하나, 빗방울 하나도 모두 나와 함께 우주를 이루는 재료이다. 백만섭 시인의 시에서 음식은 인간으로 하여금 기계문명의 물질만능주의에 굴복하지 않고 맞서 싸우게 하는 동력이자 자연과 고향의 기억을 재생시키는 양분으로 제시된다.

저녁이면
여린 호박잎과 피지 않은 수꽃 대

방에 들고 들어와 다듬던 어머니

데친 호박잎에 밥 한 숟갈 떠 놓고

떠 얹어 주던

수꽃 대 넣고 걸쭉하게 끓인 된장찌개

늙어서도 버리지 못하고 있는

어릴 적 입맛이

혀끝에 남아 있다

어머니 손맛이 그리워지는 저녁이다

—「저녁밥상」전문

속도가 지배하는 현대 사회에서 모든 것에 효율성을 적용하는 현대인들은 인스턴트와 패스트푸드 등 레디메이드 음식을 선호한다. 그러나 백만섭 시인은 "수꽃 대 넣고 걸쭉하게 끓인 된장찌개"를 그리워한다. "늙어서도 버리지 못하고 있는 어릴 적 입맛이 혀끝에 남아 있"기 때문이다. 백만섭 시인에게 '된장찌개'는 도시문명시대에서 상실되고 분리되고 흩어진 낭만과 이상을 한 데 모아 유년의 유토피아로 통

합하는 장력(張力)이 된다. 이 된장찌개는 발효와 숙성을 거친 된장과 두부, 햇살과 비바람과 매미울음과 서리를 먹고 자란 호박잎과 수꽃 대 등 그 자체로 '함축 자연'인 재료들을 한 데 모아 끓여낸 음식이다.

　가족이나 이웃과 함께 음식을 만들고, 만든 음식을 나눠 먹는 행위는 특정한 외부 세계의 물질을 똑같이 몸 속으로 들인다는 점에서 유대와 결속의 의미를 지닌다. 백만섭 시인은 어릴 적 가족들과 함께 숟가락으로 떠먹던 된장찌개를 추억하며 음식이야말로 시간과 공간을 초월해 보편적 인간의 원형을 함축적으로 담아내는 문화라고 말한다. 음식을 먹음으로써 자아와 타자가 통합을 이루는 것이 자본논리와 구조의 폭력에 의해 위축되고 왜소해진 '인간'을 회복하는 방법이라고 믿는 것이다. 위 시에서 화자는 된장찌개의 맛을 느끼고 냄새를 맡음으로써 고향이라는 낭만적 총체성의 세계에 대한 기억들을 재생시킨다. 그리고 그 순간 "어머니 손맛이 그리워지는 저녁이" 온다. '소울 푸드(soul food)'에 대한 그리움은 필연적으로 '어머니'를 소환한다.

　　등 뒤에 대고
　　밥 먹고 가거라 하시던 어머니

잊어도 괜찮을 나이가 되었는데도

틈을 비집고 문득 문득 생각이 나

눈물이 난다

잊을 수 없는 그리움은

현실화할 수 없는 서러움을

맴돌고 있다

잘려 나온 탯줄이

속으로 울고 있다

—「속으로 울고 있다」 전문

　"잊어도 괜찮을 나이가 되었는데도" "문득 문득 생각이 나 눈물이 나"는 것은 "등 뒤에 대고 밥 먹고 가거라 하시던 어머니"의 무한한 사랑이 그리운 까닭이다. 이제 '어머니'보다 더 늙은 시인은 나이가 들수록 "나들이 간 어머니를 기다리다/ 돌아온 어머니를 보는 순간/ 눈물이 핑 돌던/ 어릴 적 기억의 끈을/ 힘껏 잡아당긴"(「허전함」)다. "잘려 나온 탯줄이 속으로 울던" 지상에서의 외롭고 험난한 세월이 이제 얼마 남지 않았으므로, 시인은 "고춧잎에서 어머니 젖 냄새가 나"(「허전함」)는 것을 감각한다. 어머니 계신 "그 속으로 나도 나들이 가"(「나들이」)는 날을 기다리고 있는 것이다. 시인은 죽음 너머의 세계, 어머니가 나들이 가신 아름다운 동산을 바라본다.

로버트 란자가 주장한 바이오센트리즘에 따르면, 수많은 우주가 있고, 지금 이곳에서 일어나는 일들이 다른 우주에서 동시다발적으로 일어날 수 있다. 사람이 육체적 죽음을 맞이한 후에도 두뇌에는 20와트의 에너지가 남게 되는데, 그 에너지가 다른 우주로 이동할 수 있다고 바이오센트리즘은 이야기한다. 아인슈타인이 친구가 사망했다는 소식을 듣고는 "나보다 조금 앞서 이 이상한 세계에서 떠났다"고 말한 것도 같은 맥락으로 이해된다.

시인은 "아침에 일어나/ 친구의 안부를 물으려 전화를 하니/ 돌아가셨다고 한다"(「건강증진센터」)는 친구의 부음을 듣는다. 그럼에도 "건강증진센터 창밖을 내다보며" "의연하게 러닝머신 위를 걷는다". 이와 같은 의연함으로 시인이 죽음을 '나들이'로 명명하는 순간, 무섭게 보이던 죽음마저 활

달한 삶 앞에 무장해제가 되고 만다. 이 땅에서의 주어진 삶을 최선을 다해 살고, 죽음의 외적 현상일 뿐인 부재와 소멸에 겁먹지 않는 당당한 태도, 나와 내 가족과 친구의 죽음마저 자연의 질서와 어우러지는 협화음의 과정으로 수용하는 아날로지 세계관이 백만섭 시인의 시가 지닌 미덕이다.

구체적 체험의 진정성은 백만섭 시인의 시에 나타나는 중요한 특징이다. 감동은 억지로 생겨나는 것이 아니다. 이미지를 잘 만들고 언어를 능란하게 부리는 것만으로 시에 감동이 발생하지는 않는다. 겪지 않은 일을 마치 겪은 것처럼 실감나게 쓴다고 해도 직접체험의 구체성만큼은 따라올 수 없다. 물론 시는 간접체험과 상상력으로 미지의 여백을 채우는 예술이므로, 직접 체험하지 않았다고 해서 구체적 실감과 감동이 꼭 빈약한 것은 아니다. 그러나 역시 직접체험에서 발생하는 자연스러운 구체성만 할 수는 없을 것이다.

우리는 한 권의 시집을 읽었지만, 우리가 정작 읽은 것은 최선을 다해 모질고 억척스러운 삶을 부드러운 흙으로 갈구어 온 한 시인의 여든일곱 해 평생이었다. 그 안에 눈물처럼 졸졸 흐르는 감동과 온기 덕분에 우리들의 마른 마음이 습

윤하게 적셔질 수 있었다. 나는 백만섭 시인의 시가 독자들의 영혼에 구수하고 향기로운, 따뜻한 된장찌개 냄새로 오랫동안 스며들 수 있기를 바란다.

추천사

전영태(중앙대 명예교수, 문학평론가)

　백만섭의 시 세계는 자기갱신의 감성으로 가득 차 있다. 그는 '어머니'에 대한 진한 그리움을 통해 지금, 여기의 나라는 존재를 새롭게 정립하려고 한다. "잊을 수 없는 그리움"을 "현실화 할 수 없는 서러움"으로 치환시키면서 "속이 빈 마음"을 새롭게 채워 보려고 한다. "마중 나올 가족이 없는 고향집 고살길"에 한탄하면서도 갈 수 없는 고향을 마음속에 정착시킨다. 고향은 그에게 "마음속 섬 하나"로 자리잡고 그 섬의 신입 주민인 자기 자신을 확인한다. 이 모든 것이 자기갱신의 서정으로 "처음 하는 이야기처럼" 포근하고 아늑하게 펼쳐진다.

　오랜 시간 동안 약학과 한의학의 자연과학적 지성에 익숙해 있던 자아를, 시적 감수성을 통해 차원을 달리하여 참신

하게 펼쳐 보인다. 미수를 바라보는 연만한 나이에 이렇게 자신을 새롭게 발견하고 그것을 시적 언어로 환치시킨다는 것은 실로 어려운 일이다. "무거워진 세월의 발"을 의식하면서도 이대로 안주할 수 없다는 삶의 각오가 시편 하나하나에 아로새겨져 있다. "세월의 무게를 이기지 못하고" "병이 내 몸을 넘본다" 해도 "나뭇가지를 더듬으며/신들과의 약속을 어루만진다" 신들과의 약속 중에는 분명 시를 통한 자아 혁신의 젊은 의지가 내포되어 있다.

시란 인간사와 사물과 자연, 그 모두를 새롭게 발견하고 인식하고 표현하는 과정의 산물이다. 그 절차를 충실히 밟은 『마음속 섬 하나』의 시편들은 "봄이 오면 돋아나올 새순을" 위한 자아 정화의 '기도' 같은 작품들이다.

마음속
섬
하나

ⓒ 백만섭, 2020

초판 1쇄 발행 2020년 10월 12일

지은이   백만섭
펴낸이   이기봉
편집   좋은땅 편집팀
디자인   Aiden Lee
마케팅   ㈜벨컴아이앤씨
펴낸곳   도서출판 좋은땅
주소   서울 마포구 성지길 25 보광빌딩 2층
전화   02)374-8616~7
팩스   02)374-8614
이메일   gworldbook@naver.com
홈페이지   www.g-world.co.kr

ISBN 979-11-6536-846-3 (03810)

이 도서의 국립중앙도서관 출판예정도서목록(CIP)은 서지정보유통지원시스템 홈페이지(http://seoji.nl.go.kr)와 국가자료
공동목록시스템(http://www.nl.go.kr/kolisnet)에서 이용하실 수 있습니다. (CIP제어번호 : CIP2020041010)